1908. Novembre 23.

VENTE

des Lundi 23 et Mardi 24 Novembre 1908

HOTEL DROUOT — SALLE N° 1

A DEUX HEURES

L'une des 5 miniatures du manuscrit portant le numéro [illegible]

Très Beaux Manuscrits Persans

OBJETS DE CURIOSITÉ

M GEORGES NORMAND, Commissaire-Priseur

41 — Rue de la Victoire — 41

EXPERTS

Pour les Objets de Curiosité :

M. Arthur BLOCHE

52 — Rue de Châteaudun — 52

Pour les Manuscrits :

M. Albert du MAY

14 bis Rue St-Georges

Une des [illegible] Miniatures du Manuscrit portant le n° 17

VENTE

des Lundi 23 et Mardi 24 Novembre 1908

A 2 HEURES 1/4

HOTEL DROUOT - SALLE N° 1

CATALOGUE

DE

TRÈS BEAUX MANUSCRITS PERSANS

enrichis de nombreuses miniatures dont quelques-unes signées

Albums amicorum d'Autographes et de Dessins

DES

XVIe, XVIIe & XVIIIe SIÈCLES

la plupart portant les Sceaux personnels des ROIS et PRINCES les ayant possédés

TRÈS CURIEUSES RELIURES EN LAQUE, ORNÉES DE SCÈNES FORMANT DE VÉRITABLES TABLEAUX

OBJETS DE CURIOSITÉ

ANCIENNES FAIENCES PERSANES A REFLETS MÉTALLIQUES

Armes — Fers incrustés — Cuivres — Laques

TAPIS ANCIENS – ÉTOFFES – BRODERIES

dont la vente aura lieu

HOTEL DROUOT - SALLE N° 1

LES LUNDI 23 ET MARDI 24 NOVEMBRE 1908

A DEUX HEURES 1/4

Me GEORGES NORMAND, Commissaire-Priseur

41, Rue de la Victoire, 41

EXPERTS

Pour les Objets de Curiosité :

M. Arthur BLOCHE

52 — Rue de Châteaudun — 52

Pour les Manuscrits :

M. Albert du MAY

EXPERT-LIBRAIRE

14 bis — Rue Saint-Georges — 14 bis

CHEZ LESQUELS SE TROUVE LE PRÉSENT CATALOGUE

EXPOSITION PUBLIQUE

Le Dimanche 22 Novembre 1908, de 2 heures à 5 heures 1/2

CONDITIONS DE LA VENTE

La Vente sera faite au comptant.

Les acquéreurs payeront *dix pour cent* en sus des enchères.

MM. les Experts chargés de la vente rempliront, aux conditions d'usage, les ordres qui leur seront transmis.

L'exposition publique mettant les acheteurs à même de se rendre compte de l'état des Manuscrits et Objets d'art, aucune réclamation ne sera admise une fois l'adjudication prononcée.

ORDRE DES VACATIONS

Lundi 23. — Faïences, Objets d'art.

Mardi 24. — Fin des Objets d'art, Manuscrits, Broderies, Tapis.

Les Manuscrits seront vendus à 3 heures

MANUSCRITS PERSANS

DES XVIe, XVIIe ET XVIIIe SIÈCLES

L'une des 41 Miniatures du Manuscrit portant le n° 15

MANUSCRITS

N.-B. — Les Manuscrits étant présumés énoncés et décrits avec le plus grand soin, l'adjudication ne pourra être annulée pour fautes ou imperfections de description ni pour aucune autre cause que ce soit. — *Sauf indications contraires tous ces manuscrits sont en parfait état de conservation.*

1 — HAFIZ. — Recueil de Poésies du célèbre poète persan HAFIZ.

1 vol. in-12 (8 1/2 × 13 1/2) de 160 ff. environ. Belle reliure persane du commencement du XIXe siècle. Les 2 plats de la reliure sont en laque foncée et sont ornés chacun, au centre, d'un fort joli médaillon ovale dans lesquels sont peints deux personnages représentant des *Vaeze* (Prédicateurs). Les intérieurs des plats sont en laque vermillon. *Cette reliure est renfermée dans un étui en maroquin.*

Beau manuscrit sur papier de soie légèrement teinté, écrit vers l'an 990 de l'Hégire. Bonne et jolie écriture *Coranique* disposée sur 2 colonnes à la page dans un encadrement à multiples filets de couleurs rehaussés d'ors.

Deux splendides *Sarloh* (Frontispices) forment les titres et en-têtes des 2 parties dont est composé ce recueil. Les deux premiers feuillets de chaque chapitre sont entourés de gracieux ornements (Fleurs et Feuillages) de différentes tonalités sur fond lapis-lazuli rehaussé d'ors.

* * *

2 — MESNEVI ou Recueil de Poésies fugitives, légères, amoureuses et sentimentales du poète persan Movlavi.

1 vol. in-8° (15×23) de 450 ff. environ. Reliure persane du commencement du XIX° siècle. Maroquin noir garni d'ornements mosaïqués en creux, au centre et aux angles des plats de la reliure.

Manuscrit sur papier de Chine de Khanbalèghe légèrement teinté, écrit vers l'an 976 de l'Hégire, par Abdourrahman, fils de Ali et petit-fils du célèbre Fakhreddin de la ville de *Chiraz*. Très belle écriture *Nastalique* disposée sur 2 colonnes à la page encadrées dans le haut et sur un des côtés d'une colonne d'annotations formant *manchettes*. Ces colonnes sont séparées entr'elles par un double filet d'or, puis entourées de multiples filets polychromes rehaussés d'ors formant encadrement.

Dix Miniatures occupant chacune une page entière et représentant des Scènes de Chasses, Jeux, Danses, etc., d'un joli coloris et d'une très fine exécution. Le verso de chaque miniature est orné de motifs divers, (fleurs, feuillages, oiseaux) en camaïeu et en différents ors.

Manuscrit portant le Sceau du Prince Royal Ali Kouli Mirza et de son fils. A la fin du manuscrit se trouve la date de 672 de l'Hégire relatant la mort du poète Movlavi.

* * *

3 — KHAMSEI NIZAMI ou Recueil des cinq trésors poétiques du poète persan Nizami.

1 vol. in-4° (21×30) de 350 ff. environ. Belle reliure persane de la fin du XVIII° siècle. Maroquin noir garni d'ornements mosaïqués en creux, au centre et aux angles des plats de la reliure.

Manuscrit sur papier de Chine de Khanbalèghe légèrement teinté, écrit vers l'an 1115 de l'Hégire. Bonne écriture *Nastalique* disposée sur 4 colonnes à la page et séparées entr'elles par un double filet d'or, puis entourées de multiples filets polychromes rehaussés d'ors formant encadrement.

Cinq miniatures de différentes dimensions dont 3 occupant chacune une page entière. Toutes ces miniatures très soignées d'exécution représentent des Scènes de Campement, d'Expédition, Préparatifs de combat. L'une de ces miniatures nous donne l'aspect d'un camp avec au premier plan un ensemble de canons et au second plan un groupe de musiciens soufflant dans des *Karaney* (Trompettes de guerre). Cinq *Sarloh* forment les titres et en têtes des 5 parties dont est composé ce recueil. Les deux premiers feuillets de chaque livre sont entourés et agrémentés d'ornements divers (fleurs, feuillages, oiseaux, etc.) de différentes tonalités sur fond *lapis-lazuli* et camaïeu du plus gracieux effet. — Le texte suivant les frontispices est séparé par des compartiments formés de liserés décorés de fleurs d'une extrême finesse et d'un coloris intense.

* * *

4 — MONEDJÉMI ou Le livre de l'Astronomie.

1 vol. in 8° (16 × 26) de 150 ff environ. Gracieuse reliure persane du commencement du XIXe siècle, les plats de la reliure sont en laque, ornés (recto et verso) de jolis bouquets de fleurs et feuillages d'un brillant coloris, encadrements formés d'un liseré composé d'une multitude de petites fleurs.

Manuscrit sur papier fin du Japon, parcheminé et légèrement teinté. Ecrit vers l'an 1190 de l'Hégire Bonne écriture *Coranique* disposée sur une seule colonne à la page sans filets ni encadrement.

Cinquante miniatures occupant chacune une page entière et doublement reproduites. (*La reproduction de chaque miniature au verso de la page étant faite en sens inverse, l'effet donné fournit l'impression d'une transparence, ce qui est d'un aspect aussi agréable qu'original*). Ces miniatures représentent les signes du Zodiaque, des oiseaux, serpents, objets divers, instruments, galères, etc. Très bonne exécution, coloris d'une intensité et d'une fraicheur remarquables.

* * *

5 — MORAGHA ou Album Amicorum de Dessins et Miniatures.

1 vol. in-f° (22 × 35) de 8 ff. — Reliure persane de la fin du XVIIIe siècle. Les plats de la reliure en laque foncée représentent deux scènes guerrières à nombreux personnages, au premier plan deux chefs guerriers reconnaissables à leurs costumes semblent donner des ordres à des musiciens placés au 2e plan, tenant leur *Karaney* (Trompettes). Dans le fond, le Roi, entouré de soldats portant des oriflammes.

Beau manuscrit sur papier de Chine datant en partie de l'an 950 (environ) de l'Hégire.

Huit miniatures sur papier de Chine teinté et montées sur papier fort (formant encadrements) de couleurs variée chiné d'or et agrémentés de rinceaux camaïeu et or. Ces miniatures tiennent pour la plupart les feuillets entiers dans les proportions suivantes 12 × 18 et 14 × 22.

Deux de ces miniatures sont relativement modernes et représentent 2 portraits où l'on remarque de fort jolies danseuses, fumeuses, musiciennes, etc. Sauf deux miniatures simplement dessinées, les autres sont admirables comme coloris

* * *

6 — MESNEVI ou Poésies légères, amoureuses, sentimentales, etc., du célèbre poète persan Moslevi.

1 vol. in-4° (20 × 30) de 250 ff. environ. Reliure persane du XIXe siècle. Les plats de la reliure sont en laque foncée ornés de bouquets de fleurs avec motif or camaïeu formant rosace au centre.

Très beau manuscrit sur papier de Chine, légèrement teinté, écrit vers l'an 1190 de l'Hégire. Bonne et jolie écriture *Nastalique* disposée sur 4 colonnes à la page, séparées entr'elles par des liserés d'or et entourées de multiples filets polychromes formant encadrement.

Neuf miniatures, tenant chacune la moitié d'une page et représentant des scènes d'amour et de la vie galante indo-persane. Ces enluminures très finement exécutées sont de véritables tableaux dont le coloris spécial imprime le cachet de séduction propre aux Orientaux. 5 Sarloh (Frontispices) forment les titres et en-têtes des 5 parties dont est composé ce volume. Les deux premiers feuillets du titre principal sont entourés d'ornements *lapis-lazuli* sur fond d'or d'un effet magistral, le texte qui suit sur 2 pages est séparé par compartiments formés de liserés or, décorés d'une quantité innombrable de minuscules fleurettes.

Ce manuscrit provient de la Bibliothèque d'un Prince royal dont il porte le sceau personnel.

* * *

7 — MORAGHA ou Idylles sans légendes. *Album amicorum* de Dessins et Miniatures.

1 vol. in-8° (20 × 30) non relié, formant une série de 18 ff. à développement sans contre-face.

Dix-huit miniatures d'une finesse d'exécution remarquable, remontant à l'an 1088 de l'Hégire.

Ces miniatures sur papier de Chine légèrement teinté sont encadrées par des papiers de couleurs variées ornés de fleurs, feuillages, oiseaux, etc. Les Beaux-Arts sont représentés par des allégories d'une délicieuse naïveté donnant, en outre de la valeur artistique de ces miniatures, un cachet tout spécial à ce manuscrit.

Cet album provient d'un ministre persan du nom de Massiher-Dovlet dont il porte le sceau personnel.

* * *

8 — BAYAZ. — Anthos-Lêgo ou Recueil de poésies en langue persane.

1 vol. in-16 format oblong (7 1/2 × 17), ancienne reliure du XVIe siècle, restaurée et réappliquée sur une reliure du commencement du XIXe siècle, en maroquin noir souple.

Les plats de cette reliure sont entièrement recouverts d'ornements (fleurs et oiseaux) gaufrés et frappés or sur or. Intérieur doublé de maroquin rouge janséniste.

Manuscrit sur papier de soie écrit vers l'an 1110 de l'Hégire. Belle écriture *Chikesté* disposée sur une colonne à la page. Le texte est entouré de filets polychromés rehaussés d'or.

Cinq miniatures occupant chacune une page entière représentent des scènes ayant trait aux Idylles amoureuses de Leïla-Medjnoun et de Chirin-Khosrow. Les deux parties dont se compose ce volume sont surmontées de jolis motifs de décoration turquoise et vermillon sur fond d'or.

* * *

9 — LEILA-MEDJNOUN ou le Livre de l'Idylie amoureuse de Leïla et de Medjnoun.

1 vol. in-12 (10 × 16) de 150 ff. environ. Reliure en laque foncée de la fin du XVIIIe siècle.

Manuscrit sur papier de soie légèrement teinté, écrit vers l'an 1204 de l'Hégire. Ecriture *Nastalique* disposée sur 2 colonnes à la page séparées par des liserés d'or.

Huit petites miniatures admirablement exécutées et d'un coloris intense sur fond or et vermillon.— Ces miniatures représentent différentes scènes, relatives aux amours agrestes de Leila et Medjnoun.

* * *

10 — DIVAN-CHAHI ou Histoire idyllique versifiée par le célèbre poète persan CHAHI.

1 vol. in-4° (16 × 24) de 200 ff. environ. Belle reliure de la fin du XVIIIe siècle, en maroquin rouge mosaïqué bleu turquoise à ornements repoussés et à compartiments aux angles et au centre des plats de la reliure. Encadrements formés par un liseré décoré de multiples fleurettes enserrées dans un filet d'or.

Intéressant manuscrit sur papier de Chine, remonté sur papier relativement moderne, de teintes diverses dont quelques uns sont chinés d'or. Ecriture Nastalique remarquable par sa finesse et sa régularité, disposée sur 2 colonnes à la feuille, séparées entr'elles par un liseré d'or repiqué d'un filet vermillon.

Trois miniatures dont l'une occupe toute une page et les 2 autres entourées d'annotations formant un véritable encadrement. Ces miniatures représentent des scènes amoureuses et lascives très remarquables, tant au point de vue de la composition que du coloris. Joli *Sarloh* (Frontispice) au commencement de l'une des 2 parties composant ce manuscrit.

Cachet formant rosace décorative sur fond lapis-lazuli indiquant l'origine et la provenance princière du volume.

Ce manuscrit indépendamment de la beauté de son exécution est d'une excessive rareté, n'ayant jamais été imprimé en langue persane.

11 — MOURAGHA ou Livre de Calligraphie, par MIR, l'un des plus fameux écrivains persans.

1 vol. in-12 (9 × 15) de 8 ff. Reliure anglaise moderne en chagrin rouge ornée dans le genre français de fers dorés.

Manuscrit écrit sur papier de soie légèrement teinté, vers l'an 1150 de l'Hégire par MIR. Belles écritures *Nastalique, Chikesté* et *Coranique* disposées sur une seule colonne à la page. — Écritures d'une exécution absolument merveilleuse tracées sur des feuillets la plupart chinés ou à fond d'or agrementés de gracieux motifs de fleurs et feuillages.

* * *

12 — EBDEL-WASSEY-DJEBELI ou le Trésor de l'Anthologie persane. Recueil de poésies guerrières, philosophiques, anacréontiques et sentimentales.

1 vol. in-12 (11 × 20) de 200 ff. Reliure du XIXe siècle à recouvrement portefeuille en maroquin gaufré, ornée de nombreux animaux reproduits or sur or. L'encadrement des plats de la reliure est formé de lisérés en couleurs, agrementés de petites fleurs multicolores. Les intérieurs des plats en maroquin rouge sont garnis au centre de rosaces en lapis-lazuli. (*Reliure fatiguée*).

Manuscrit sur papier de Chine légèrement teinté, écrit vers l'an 1146 de l'Hégire. Écriture *Nastalique* disposée sur 2 colonnes à la page et séparées par un liseré d'or, le tout entouré de filets formant encadrement.

Cinq miniatures occupant chacune une page entière, sont entourées de motifs (fleurs, feuillages, animaux) formant une série d'ornements des plus agréables à l'œil. Ces enluminures admirables de coloris et de fraîcheur sont remarquablement composées, le dessin est d'une finesse excessive et les figures des personnages sont reproduites avec une expression absolument extraordinaire.

Ce manuscrit a appartenu successivement à plusieurs bibliothèques princières dont il porte les sceaux.

* * *

13 — SEHFET-EL-EBRAR ou poésies chantées.

1 vol. in-8° (15 × 22) de 120 ff. Reliure persane du commencement du XVIIIe siècle. Plats de la reliure en laque foncée, ornés de fleurs, feuillages, oiseaux, rehaussés de filets d'or formant encadrement. Sur les intérieurs des plats en laque vermillon, se trouvent reproduites deux danseuses.

Manuscrit sur papier de Chine légèrement teinté, écrit vers l'an 972 de l'Hégire. Belle écriture *Nastalique* disposée sur 2 colonnes à la page, séparées par un filet d'or. Les pages sont remontées sur papier fort avec un double filet formant encadrement.

Quatre miniatures tenant chacune une page entière, et donnant une reconstitution des scènes de la Vie Indo-Persane. Joli *Sarloh* (Frontispice) en bleu turquoise sur fond or.

* * *

14 — KHAMSEI-NIZAMI ou les Cinq Trésors poétiques du poète persan NIZAMI.

NIZAMI, *célèbre poète persan du VIe siècle de l'Hégire, surnommé* CANDJÉVI, *du nom de la ville de* CANDJEH *où il était né, est l'auteur de cinq poèmes qui furent réunis après sa mort en un recueil nommé en persan* PENTCH-GHANDI, *c'est-à-dire les cinq Trésors. On y trouve des poèmes moraux mêlés d'apologues et de contes tels que les amours de* LEILA *et* MEDJNOUN *ainsi que les amours du Roi* KHOSROW *et de la Reine* SHERIN, *qui forment le sujet des miniatures ci-après décrites.*

1 vol. in-8° (14 × 22) de 350 ff. environ. Splendide reliure de la fin du XVIIIe siècle, en laque. Les recto et verso de chacun des plats de la reliure forment de magnifiques tableaux représentant les 4 principaux épisodes de l'histoire amoureuse du Roi Khosrow et de la Reine Sherin racontée dans le manuscrit. Les coloris variés, surprenant de fraîcheur et d'éclat, l'action des personnages, le fini de l'exécution, donnent à ces miniatures l'intérêt et l'aspect de 4 véritables tableaux dont nous donnons ci-après la description; par un extrait abrégé de la traduction du manuscrit :

« Le roi *Khosrow* se trouvant à la chasse sur les bords d'une rivière, aperçut une jeune fille du peuple « en train de s'y baigner. Le Prince s'approcha, et frappé de la merveilleuse beauté de la jeune fille en devint « amoureux, la fit ramener en grande pompe à son palais, et l'épousa.

« Réputé à juste titre pour le meilleur archer de son royaume, *Khosrow* saisissait avec empressement « toutes les occasions de faire admirer son adresse. Un jour qu'il chassait accompagné de la reine et d'une « suite nombreuse, ils virent une biche qui se grattait l'oreille avec une de ses pattes de derrière. Le roi saisit « aussitôt son arc et se vanta de pouvoir avec sa flèche traverser et fixer dans leur position le pied et l'oreille de « la bête; ce qu'il fit sans tarder. Surpris de l'indifférence de la reine devant son succès, le prince lui en « demanda la raison, mais celle-ci lui répliqua qu'il n'y avait pas lieu de s'étonner d'une chose toute naturelle, « car en somme, l'adresse surprenante du roi n'était due qu'à sa grande habitude et à sa longue pratique du « tir à l'arc.

« Furieux de cette réponse qui le blessait dans son amour-propre, *Khosrow* chassa aussitôt la princesse « et la relégua dans un de ses châteaux.

« La reine loin de se décourager de cet exil, eut l'idée de le mettre à profit pour obtenir son pardon. « Elle y parvint de la façon suivante : Ayant acheté une vache prête à mettre bas, dès la naissance du veau, « elle prit ce dernier sur ses épaules et commença à gravir les marches d'un escalier conduisant au sommet « d'une tour fort élevée. Chaque jour elle recommença, et comme le poids du veau augmentait au fur et à « mesure que le temps s'écoulait, elle accrût ainsi peu à peu sa force d'une façon prodigieuse.

« Bien des mois s'étaient écoulés lorsque les hasards de la chasse amenèrent le roi et sa cour à proximité « de la tour dont la reine continuait à gravir chaque jour les degrés avec son fardeau de plus en plus pesant.

« A sa grande surprise, le prince aperçut une femme portant un bœuf sur ses épaules et gravissant un « escalier : il s'approcha et reconnut son épouse. Il lui demanda aussitôt comment elle avait pu acquérir une « pareille force. Elle lui répondit qu'il ne fallait en attribuer le mérite qu'à l'habitude et lui expliqua de quelle « manière elle s'y était prise.

« Le roi comprit la leçon, reconnut l'injustice qu'il avait commise en répudiant sa femme, et lui « pardonna. De grandes fêtes furent ordonnées pour célébrer le retour de la princesse au palais et sceller la « réconciliation des deux époux.

L'une des 16 Miniatures du Manuscrit portant le n° 18

« Voulant rendre hommage d'une façon éclatante à l'intelligence de *Schérin*, *Khosrov* fit construire « sept palais dont le revêtement extérieur était peint chacun de sept couleurs différentes de façon à ce que la « reine pût en habiter un alternativement chaque jour de la semaine, chacune des couleurs correspondant à « l'un des jours, de telle sorte que la prétention du roi de faire un cadeau aussi magnifique fut nettement « exprimé, chaque jour, rappelant à la reine les sept présents successifs. »

Très beau manuscrit sur papier de soie, écrit vers l'an 1180 de l'Hégire. Splendide écriture *Chikesté* disposée sur 2 colonnes à la page avec annotations marginales séparées par des liserés et filets d'or.

Vingt-et-une miniatures tenant chacune une page entière et encadrées d'une colonne de texte servant de légendes explicatives. Ces miniatures représentent principalement les divers épisodes des amours du roi *Khosrov*. Merveilleux costumes rappelant les modes françaises de l'époque Louis XV. Admirable ensemble d'art et de finesse d'exécution; les personnages étonnamment expressifs, l'exactitude des costumes le drapé et le mouvement des scènes font de véritables chefs-d'œuvres de ces enluminures. Cinq ravissants *Sarloh* (Frontispices) forment les titres et en-têtes des 5 parties dont est composé ce recueil. Les deux premiers feuillets de chaque livre sont entourés et agrementés d'ornements divers (fleurs, feuillages, oiseaux) de différentes tonalités sur fond lapis-lazuli. Le texte suivant les frontispices est séparé par des compartiments formés de liserés décorés de fleurettes d'une extrême finesse sur fond d'or.

* * *

15 — CHAHNAMÉ ou Histoire de la Dynastie des Rois de Perse, en vers persans, par FERDAOUSSI, un des plus grands poètes persans.

1 vol. in-f° (28×46) de 500 ff. Très curieuse reliure de la fin du XVIIIe siècle. La décoration de la reliure donne l'illusion d'un cachemire indien appliqué sur les plats de la reliure, lesquels en superbe laque brune sont encadrés d'un large liseré formé de feuillage et de fleurs parsemés d'oiseaux. *Cette reliure d'une fraicheur remarquable et dans un parfait état de conservation* est renfermée dans un étui en maroquin fermant au cadenas.

Manuscrit sur papier fin du Japon légèrement teinté, écrit vers l'an 1079 de l'Hégire par le Cheikh MOHAMED fils de CHAMSEDDIN. Splendide écriture *Nastalique* d'une finesse inouïe, disposée sur 4 colonnes à la page, séparées entr'elles par des filets d'or et encadrées de multiples filets polychromes rehaussés d'un large liseré d'or repiqué de vert, bleu et rouge.

Quarante et une miniatures tenant chacune la page entière et représentant de très intéressante façon l'histoire guerrière des Rois de Perse. L'action des personnages, la description scrupuleuse des costumes, armes, instruments de musique, harnachements, les scènes de campements, de combats, etc., présentent le plus grand intérêt au point de vue historique et documentaire. Curieux effets de lumière et de clair-obscur d'une tonalité bien fondue et d'un admirable coloris où les ors sont prodigués. Deux merveilleux *Sarloh* (Frontispices) forment les deux parties dont est composé ce volume. Les deux premiers feuillets des titres sont entourés d'ornements *lapis-lazuli* sur fond d'or. Fleurons, culs-de-lampes, en camaïeu rehaussé d'ors.

Ce manuscrit provient d'une bibliothèque Royale, cette origine est attestée par les deux Sceaux personnels royaux dont l'un porte la date de 1128 de l'Hégire. Ce précieux ouvrage a été acheté en 1312 de l'Hégire à un descendant du Prophète, nommé MIR MOHAMED-HOSSEIN par AMIR NIZAM ministre de Perse dont le manuscrit porte le sceau.

* * *

16 — LEILA-MEDJNOUN ou Histoire idyllique de Leïla et Medjnoun par le Cheikh NIZAMNI.

1 vol. in-8° (18 × 29) de 55 ff. environ. Reliure du commencement du XIXe siècle en chagrin noir, ornée aux angles et au centre des plats d'une rosace dorée et gaufrée en intaille.

Manuscrit sur papier de soie teinté et chiné d'or. Ecrit en 1011 de l'Hégire par MOHAMED fils de MIR. Superbe écriture *Nastalique* disposée sur 4 colonnes à la page, séparées par des filets d'or, le tout entouré de filets multiples rehaussés d'un liseré d'or.

Cinq miniatures de différentes dimensions ayant trait aux épisodes de l'Idylle de *Leïla* et de *Medjnoun*. Grande variété de composition, belle tonalité. Cinq *Sarloh* (Frontispices) marquent le commencement de chacun des 5 chapitres dont est composé cet ouvrage. Ornements polychromes et lapis-lazuli rehaussés d'or.

Ce manuscrit est légèrement abîmé au bas de quelques feuillets.

* * *

17 — MORAGHA ou Album amicorum de Dessins, Autographes, Miniatures, etc.

1 vol. in-8° (20×30) de 48 ff. Reliure persane de la fin du XVIIIe siècle. Au centre des plats de la reliure, jolies rosaces formées de fleurs délicatement dessinées et peintes. Un fin liseré agrémenté de minuscules fleurettes forme un encadrement du plus gracieux effet. Intérieurs des plats en laque rouge composés de grandes fleurs (dalhias).

Manuscrit sur papiers de Chine écrits et groupés de l'an 915 à 1050 de l'Hégire. Splendides écritures *Chikesté*, *Nastalique*, *Yarouth*, *Coranique* exécutées par les fameux calligraphes MIR, DERVICHE, YAROUTH et autres. Chaque feuillet appliqué sur papier de couleurs diverses est encadré de larges liserés unicolores.

Quarante-huit miniatures et planches calligraphiées tenant chacune une page entière et reproduisant des scènes de la vie indo-persane tant domestique qu'agreste. La planche la plus remarquable représente l'arche de Noé avec une abondance de détails extraordinaire. Les nombreux personnages et animaux sont surtout intéressants par la diversité de leurs attitudes. Cette planche porte la signature de MANOUHER, célèbre peintre persan. Une autre planche également signée du même peintre représente l'intérieur d'un palais dans lequel on aperçoit les salles du Trône où se déroule une fête dans un décor donnant la vue d'un curieux ameublement persan. On trouve encore dans ce recueil deux portraits gravés au burin par un maître français, l'un représentant le portrait de Mme de Sévigné et l'autre sans doute une dame de la cour. Deux *Sarloh* (Frontispices) en lapis-lazuli sur fond chiné d'or avec feuillets préliminaires de la première partie de l'ouvrage sont richement ornés d'arabesques et de rinceaux artistiquement composés.

* * *

18 — KAMSEI-NIZAMI ou les cinq trésors poétiques du poète persan NIZAMI.

1 vol. in-8° (22×32) de 250 ff. Très belle reliure persane de la fin du XVIIIe siècle. Les plats en laque foncée sont ornés de bouquets de fleurs encadrés de liserés et filets entre lesquels sont peintes de multiples fleurettes minuscules. Intérieurs des plats en laque rehaussés de fleurs et feuillage formant ramage, d'un effet charmant.

Manuscrit sur papier de Chine légèrement teinté, écrit vers l'an 1100 de l'Hégire. Belle écriture *Nastalique* curieusement disposée en zig-zags réguliers sur 4 colonnes à la page et à compartiments séparés par des liserés d'or chiné de petites fleurettes de multiples couleurs.

Seize miniatures tenant chacune une page entière. Riches de coloris, admirables de composition, ces enluminures sont de véritables tableaux. Cinq *Sarloh* (Frontispices) merveilleusement exécutés tant au point de vue de la composition ornementale que de la disposition des teintes.

* * *

19 — FOHVAT-EL-EBRASE DJAMI ou Philosophie morale par le philosophe DJAMI.

1 vol. in-8° (18×28) de 68 ff. Très belle reliure persane du XVIe siècle, en cuir repoussé et gaufré sur fond d'or camaïeu représentant des personnages, animaux, arbres, etc. Encadrements en cuir ajourés rapportés sur la reliure et formant rosaces et losanges en bordure des plats. Les intérieurs des plats de la reliure sont formés de motifs en cuir dorés et ajourés en forme de carrés, losanges, etc, appliqués sur un fond d'or où des personnages, animaux, fleurs, minuscules, découpés dans des cuirs de couleur ont été également collés.

Beau manuscrit sur papier fin du Japon, chiné d'or, écrit vers l'an 915 de l'Hegire par MIR-ALI. Splendide écriture *Nastalique* disposée sur deux colones à la feuille, entourées de filets et d'un large liseré agrémenté d'une guirlande de fleurs d'or d'un très gracieux effet.

Trois miniatures tenant chacune une page entière se rapportant aux beautés de la nature. L'une d'elle est remarquable par sa composition représentant un ensemble de personnages, au bord d'un lac où s'ébattent de nombreux canards; dans le ciel d'un bleu pur admirablement rendu, on aperçoit un intéressant passage d'oiseaux qu'un savant coloris semble rendre animés... En-tête de chapitre bleu turquoise sur fond or, d'un travail très soigné et d'une irréprochable exécution.

Ce manuscrit porte un sceau en camaïeu lapis-lazuli et semble ainsi que l'atteste plusieurs cachets, avoir été la propriété de différentes bibliothèques princières. — Cet ouvrage n'a jamais été imprimé.

* * *

20 — MORAGHA ou Album amicorum de Dessins et divers.

1 vol. in-8° (21 × 33) de 40 ff. Reliure anglaise en chagrin noir à coins et centre des plats ornés de fleurons et rosaces or gaufrés.

Manuscrit sur papier de Chine et autres. Belles écritures *Nastaliques* des xe et xie siècles de l'Hégire par Mir, Derviche, etc. Feuillets appliqués sur papier de couleurs rehaussés pour la plupart d'un semi d'or.

Vingt miniatures tenant chacune une page et reproduisant différents sujets tels que chasse aux flambeaux, reproduction de la Nativité d'après Raphael, nombreux costumes de personnages princiers. Intéressante description d'une chasse à courre donnant par la diversité des couleurs et les attitudes des personnages et des animaux l'illusion de la réalité. Malheureusement quelques unes des miniatures sont légèrement abimées. Deux miniatures sont signées du célèbre peintre persan Manoès. Très beau motif servant d'en-tête de chapitre.

* * *

21 — RELIURES. Plats de reliures formant quatre panneaux en laque brune fond chiné or, format in-f° (35 × 46) datant du xiie siècle de l'Hégire.

Le premier panneau se subdivise en 4 compartiments égaux ou sont représentés les préliminaires du mariage, les fiançailles, le banquet et la cérémonie nuptiale.

Le deuxième panneau également subdivisé en 4 compartiments égaux comprend : les préparatifs du départ pour le bain, le bain, la toilette, la sortie du bain et le départ chez l'époux.

Le troisième panneau formé au centre d'un grand médaillon rond reproduit la nuit de noces... Autour de ce médaillon est disposée une suite de 12 encadrements plus petits, où l'on retrouve tout ce que l'imagination orientale peut concevoir de plus osé.

Le quatrième panneau formé également au centre d'un grand médaillon rond, reproduit la scène de l'accouchement. Autour de ce médaillon est disposée une suite de 12 encadrements plus petits analogues au précédent. Des légendes explicatives en écriture *Nastalique* forment des liserés et constituent des encadrements aux médaillons des 4 panneaux. Très beau travail ancien, finement exécuté, ayant été dédié à Nasreddin-Chah.

* * *

22 — MORAGHA ou Album Amicorum de Dessins et Miniatures.

1 vol. in-8° (17 × 24) de 10 ff. Reliure persane en laque chiné d'or. Motif formant rosace au centre des plats de la reliure dont un liseré agrémenté de petites fleurs forme l'encadrement.

Dix miniatures occupant chacune une feuille entière, sur papier de Chine ancien (xie siècle de l'Hégire) appliqué sur papiers de couleurs diverses. Ces enluminures finement exécutées et d'un coloris intense représentent des groupes de danseuses, musiciennes, fumeuses, ainsi que quelques portraits de Reines.

Quelques miniatures sont légèrement effacées.

* * *

L'une des 3 miniatures du Manuscrit portant le n° 19

23 — KHAMSEI-NIZAMI ou les Cinq Trésors poétiques du poète persan Nizami.

1 vol. in-f° (22 × 37) de 350 ff. Reliure en chagrin noir. (*Etat médiocre*).

Manuscrit sur papier de Chine légèrement teinté, écrit vers l'an 1061 de l'Hégire, par Mourad-Ali, fils de Hassan. Belle écriture *Nastalique* disposée sur 4 colonnes à la page et séparées entr'elles par plusieurs filets polychromés, le tout entouré d'un liseré formant encadrement.

Vingt-huit jolies miniatures de différentes dimensions et représentant des scènes de la vie intérieure Indo-Persane, dont quelques-unes ultra-galantes. Cinq très beaux *Sarloh* (Frontispices) placés en tête des cinq livres formant ce manuscrit, sont splendidement exécutés.

Manuscrit provenant de la bibliothèque d'un prince royal, ainsi que l'atteste le sceau se trouvant appliqué en tête du volume.

* * *

24 — MORAGHA ou Album amicorum de Dessins, Miniatures, Autographes.

1 vol. in-8° (19-27) de 40 ff. Reliure persane, fin xviiie siècle, en laque vermillon, semis de fleurs.

Manuscrit sur papier de soie légèrement teinté, écrit, dessiné et calligraphié vers l'an 1195 de l'Hégire par les poètes Rachida, Mir, Mehdi, Gholi, Mohamed-Chafi et Yaghoud. Ecritures *Yaghoud Coranique, Nastalique, Chikesté*. Feuillets appliqués sur papiers de couleurs agrémentés de liserés composés de papiers de teintes superposées formant encadrement.

Seize miniatures représentant des personnages royaux et princiers dans des costumes splendides, fleurs, oiseaux, etc.

Précieux manuscrit au point de vue documentaire.

* * *

25 — KHAMSEI-NIZAMI ou les cinq trésors poétiques du poète persan NIZAMI.

1 vol. in-8° allongé (14 × 24) de 250 ff. Reliure persane de la fin du XVIIIe siècle. Les Plats de la reliure en laque brune sont ornés de grandes fleurs d'un puissant coloris. Un double liseré agrémenté de motifs d'ornements forme un encadrement du plus gracieux effet.

Manuscrit sur papier de soie écrit vers l'an 1124 de l'Hégire. Belle écriture *Nastalique* disposée sur 4 colonnes à la page, séparées entr'elles par des filets d'or et entourées d'un léger liseré d'or repiqué de rouge et vert.

Quarante-huit miniatures tenant chacune la page entière et représentant notamment les principaux épisodes de l'histoire idyllique du *Roi Khosrow* et de la *Reine Scherin* où l'on voit cette dernière se rendant successivement dans les sept chateaux des sept couleurs (*Voir la note au Manuscrit n° 14*). Ces Enluminures sont admirablement exécutées, très fines et d'un coloris intense. Quatre *Sarloh* (Frontispices) merveilleusement exécutés tant au point de vue de la composition ornementale que de la disposition heureuse des teintes, viennent encore rehausser par leur éclat, la beauté de ce splendide manuscrit.

* * *

26 — MONEDJEMI ou le Livre de l'astronomie.

1 vol. in-12 (11 × 18) de 20 ff. à développement sans contre-face. Très jolie reliure persane de la fin du XVIIIe siècle. Les plats de cette reliure en laque brune sont ornés de dessins cachemire, au centre de chacun des plats, un médaillon où sont groupés de petits oiseaux dispersés dans un bouquet de fleurs et de feuillages. Les intérieurs des plats en laque vermillon sont ornés de grandes fleurs (dalhias).

Vingt miniatures datant du XIIe siècle de l'Hégire représentant, dans de gracieux médaillons ovales formés par des palmes de lauriers, les signes du zodiaque, ainsi que les constellations. Le tout décrit par une légende en arabe. Le papier ancien sur lequel sont peintes *les miniatures* est appliqué sur un papier de gardes, moderne, qui malheureusement porte préjudice au vif éclat et à la beauté de ces miniatures.

* * *

L'une des 20 Miniatures du Manuscrit portant le n° 20

27 — HAKIM-EL-SENAY ou le Savant Docteur des sciences et des arts.

1 vol. in-8° (16×25) de 50 ff. curieuse reliure persane du XVIe siècle réappliquée, sur une reliure contemporaine. Les plats sont gaufrés or sur or à compartiments, dans lesquels on voit une multitude de petits oiseaux se jouant dans les feuillages. Au centre des plats une rosace gaufrée or sur or du plus gracieux effet.

Manuscrit sur papier de soie de l'an 1049 de l'Hégire. Très belle écriture *Nastalique*, écrit et rédigé par HAKIM-EL-SENAY.

Deux fort jolies miniatures, tenant chacune la page entière, d'un coloris et d'une exécution absolument remarquables. Dans l'une *Hakim* représente une scène idyllique de Leïla-Medjnoun. Par cette allégorie, il prétend démontrer, par comparaison, son attachement pour *Iman*, successeur du prophète.

Ces miniatures sont appliquées sur papiers de couleurs à fond chiné d'or. Quatre motifs décoratifs très finement exécutés commencent les différentes parties dont est composé ce manuscrit.

* * *

28 — COSTUMES ROYAUX.

Deux miniatures (22×33) formant pendants et représentant deux Reines de la cour de *Chah-Abas le Grand*.

Les ornements, habits, tissus, bijoux, etc. des costumes, sont rendus avec une exactitude rigoureuse et nous donnent l'aperçu fidèle de ce qu'était le luxe oriental vers l'an 1020 de l'Hégire. On remarque que ces costumes sont inspirés du goût français, par de nombreux accessoires rappelant la mode de l'époque.

Tous les moindres détails, les jeux de physionomies admirablement rendus, le coloris intense, les ors fins prodigués à l'excès, rendent ces miniatures absolument merveilleuses.

* * *

29 — MORAGHA ou Album amicorum de Dessins et Miniatures.

1 vol. in-12 (13×19) de 48 ff. à développement sans contre-face. Reliure persane moderne en laque ornements tons sur tons. Décors de fleurs et feuillages. Bordures et filets or sur les plats de la reliure.

Quarante-huit miniatures tenant chacune une page entière et représentant un Voyage Chimérique. Cavaliers montés sur des animaux fabuleux, chevaux ailés à têtes humaines, dragons, etc. Quelques scènes de la vie indo-persane où l'on voit des femmes s'amusant avec des parachutes. Scènes idylliques de *Leïla et Medjnoun*, etc. Ces miniatures, merveilles d'exécution, d'un coloris intense, sont sur papier ancien, appliqué sur des papiers rouge et blanc.

* * *

30 — NASSIHET-NAMEY-KEYKAVOUS ou les conseils de Keykavous, Roi de Perse, à son fils.

1 vol. in-12 (11 × 18) de 170 ff. Belle reliure persane moderne dont les plats en laque foncée sont ornés de décorations cachemire disposées en losanges de grandeurs successives, du plus heureux effet.

Les intérieurs des plats, en laque vermillon sont ornés de fleurs (dalhias). *Cette reliure est renfermée dans un étui en maroquin rouge moderne.*

Manuscrit sur papier de soie, écrit vers l'an 1210 de l'Hegire. Belle écriture *Nastalique* disposée sur deux colonnes à la page, séparées par un double filet d'or et entourées d'un liseré d'or formant encadrement.

Huit miniatures de dimensions diverses, ayant trait à des scènes de la vie indo-persane. Très fin coloris d'une tonalité extrême. En-tête de chapitre en lapis lazuli sur fond d'or.

TIMBRES POSTE

31 — Collection de timbres-poste persans.

32 — Lot de timbres-poste persans.

OBJETS DE CURIOSITÉ

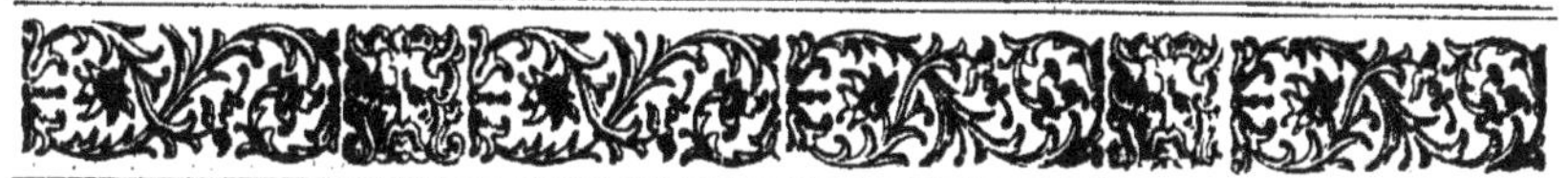

ANCIENNES FAIENCES

DE PERSE

1 — Belle coupe ronde à ombilic, décor intérieur fond blanc à fleurs et feuillages mordorés intérieur fond bleu à rayons de fleurs et de bandes à reflets métalliques, XVIe siècle.

2 — Coupe ronde décor fond blanc à semis de fleurs et motifs dentelée en jaune, extérieur à feuillages, à reflets métalliques, XVIe siècle.

3 — Bol décoré intérieurement de fleurs et de feuillages au centre de motifs dentelés autour, en jaune sur fond blanc, extérieurement de frises à fleurs et ornements sur fond bleu à reflets métalliques, XVIe siècle.

4 — Bol fond brun décoré à l'intérieur de pomme de pin, de feuillages et d'ornements en mordoré sur fond blanc, à reflets métalliques, XVIe siècle.

5 — Plat rond décor à rosace rayonnée, bords à carrelages en bleu, manganèse et blanc. xviie siècle.

6 — Plat rond décor à rosace carrelée au centre entourée de rayons à ornements et feuillages, bordure à carreaux en bleu, vert, manganèse et blanc. xviie siècle.

7 — Plat rond légèrement concave offrant au centre quatre rosaces quadrillées, bords dentelés en bleu, brun, vert et rouge. xviie siècle.

8 — Plat rond concave décoré de rayons à fonds pointillés en polychrome. xviie siècle.

9 — Plat rond offrant sur un fond bleu pointillée un grand poisson et une palme enroulée imbriquée de rouge et de vert. xviie siècle.

10 — Plat rond décor en bleu sur blanc au centre, et sur le bord de quadrillés au trait vert. xviie siècle.

11 — Plat rond fond blanc à rosace et fleurs au centre, bords à arabesques d'ornements en bleu. xviie siècle.

12 — Plat rond décor à quatre rayons fond bleu, motifs réservés en blanc, bordure à ornements. xviie siècle.

13 — Plat rond décor en bleu sur blanc à rosace. xviie siècle.

14 — Deux plats ou compotiers fond bleu turquoise, décor en manganèse. xviie siècle.

15 — Trois coupes de décor analogue. xviie siècle.

16 — Deux bols décorés de feuilles d'eau en bleu et vert encastrées dans des motifs en manganèse. xviiie siècle.

17 — Cruche à fond bleu turquoise uni. xviiie siècle.

18 — Cruche fond vert. xviiie siècle.

19 — Petit vase décor à arabesques. xviie siècle.

20 — Vase décor à fond tacheté et rosaces en bleu sur blanc. xvie siècle.

21 — Vase de décor analogue. Même époque.

22 — Deux bols décor en bleu à fleurs et oiseaux.

23 — Deux salières formes masques chimériques.

24 — Deux petits pots décor bleu et polychrome.

25 — Quatre lots de fragments décors à reflets métalliques.

26 — Deux lots de fragments de plaques de revêtement à reflets métalliques.

27 — Deux plaques forme étoiles à reflets métalliques. xvie siècle.

28 — Deux plaques forme croix, décor à reflets métalliques. xvie siècle.

29 — Deux plaques carrées, décor à inscriptions sur fond bleu. xviiie siècle.

30 — Deux plaques, décor en relief à personnages.

31 — Deux autres, décor à cavaliers.

ARMES

32 — DEMI-ARMURE composée d'un bouclier, un casque et un brassard en fer repercé, incrusté d'or et gravé. Travail persan.

33 — BOUCLIER, casque et brassard en fer gravé à ornements et caractères, incrusté d'or et d'argent.

34 — AUTRE DEMI-ARMURE composée de trois pièces en fer gravé.

35 — COUTEAU de défense à lame de Damas incrustée d'or, manche en os. XVIe siècle.

36 — POIGNARD à lame damasquinée d'or. XVIe siècle.

37 — POIGNARD à lame courbe en fer damasquiné d'or. XVIIe siècle.

38 — POIGNARD à lame courbe de Damas, manche en mors. XVIIIe siècle.

39 — PETIT POIGNARD même forme.

40 — SABRE à lame incrustée d'or.

41 — Sabre à lame courbe de Damas, poignée en mors.

42 — Pistolet en racine de bois, canon de Damas gravé et incrusté d'or. xviiie siècle.

43 — Hache en fer gravé et incrusté d'or.

44 — Tromblon à canon gravé. xviiie siècle.

45 — Deux haches en fer gravé.

46 — Deux étriers en fer gravé et incrusté, anciens.

47 — Deux autres anciens en fer incrusté.

48 — Fer de lance quadrangulaire incrusté d'or ancien.

49 — Armature de bride en fer incrusté d'or ancien.

50 — Clé à fusil en fer incrusté d'or.

51 — Petit instrument à transfusion, lame incrustee, manche ivoire.

52 — Couteau à deux lames en acier incrusté d'or dans sa pochette en velours brodé.

53 — Paire de ciseaux en acier repercé avec pochette brodée à paillettes.

54 — Garniture de fourreau de sabre pavée de turquoises.

CUIVRES ET ACIERS

55 — Aiguière en cuivre gravé à semis d'ornements. XVIIe siècle.

56 — Gourde de derviche en cuivre finement gravé. XVIIe siècle.

57 — Deux petites coupoles à suspendre en cuivre gravé et repercé à personnages et serpents.

59 — Ecuelle, couvercle et plat en cuivre gravé et étamé, à figures et ornements. XVIIe siècle.

59 — Coupe en cuivre gravé, bordure à inscription. XVIIe siècle.

60 — Plat gravé à figures et inscriptions.

61 — Deux flambeaux étamés.

62 — Cerf en acier incrusté d'or et d'argent.

63 — Etui à Coran en fer incrusté d'or et d'argent.

64 — Ancien cadenas en fer.

65 — INSTRUMENT d'astronomie en cuivre gravé.

66 — PLATEAU en cuivre gravé, dessin à personnages et ornements.

67 — QUATRE SÉBILLES en cuivre gravé.

68 — NARGUILHÉ en cuivre et fer incrusté d'argent, ancien.

69 — FOURNEAU de narguilhé, décor à figures.

70 — DEUX PETITS CADENAS en fer avec clés.

71 — DEUX PORTE-ALLUMETTES en cuivre émaillé et incrusté de turquoises.

72 — TROIS PORTE-ALLUMETTES en cuivre émaillé et ornés de turquoises.

73 — DEUX BOITES cylindriques en cuivre gravé.

74 — ENCRIER persan en cuivre émaillé ancien.

75 — CHAUSSE-PIED en cuivre gravé ancien.

76 — PETITE BALANCE monétaire en cuivre.

77 — PETIT INSTRUMENT à suspendre incrusté de turquoises et couteau de poche à manche ivoire et acier.

OBJETS DIVERS

LAQUES DE PERSE, COFFRETS

78 — Coffret en ancienne laque de Perse fond aventuriné à fleurs.

79 — Coffret en laque et incrustations, décor dit mosaïque.

80 — Coffret en velours rouge ancien et brodé.

81 — Coffret en velours rouge brodé à fleurs, ancien.

82 — Coffret en velours rouge brodé à rosaces et arabesques pailletées, ancien.

83 — Coffret en broderie persane ancienne, dessin diagonal.

84 — Presse-papiers caillou d'Egypte avec lézard en turquoises, au cachet gravé de Nadir-Shah.

85 — Petite coupe en jade blanc orné d'incrustations de rubis; travail ancien de l'Inde.

86 — Pendentif formé d'une émeraude gravée au chiffre de Fath-Ali Shah, entourée de roses avec nœud de ruban en roses et rubis, monture or.

87 — QUATRE PIÈCES de monnaies anciennes d'argent de Grèce.

88 — PIÈCE de monnaie ancienne à deux têtes de Grèce.

89 — DEUX CORNALINES gravées à inscriptions persanes.

90 — TROIS AUTRES plus petites.

91 — DEUX PETITS MÉDAILLONS à sujets persans en argent niellé.

92 — DEUX ANSES forme griffons ciselées et dorées.

93 — BOITE oblongue, décor à personnages, scène de danse, bordure à arabesques.

94 — ÉCRITOIRE, décor à fleurs et oiseaux avec médaillon à figures.

95 — ÉCRITOIRE décoré de scènes de la vie intime persane.

96 — ÉCRITOIRE décoré de scènes familiales et champêtres.

97 — DEUX ÉCRITOIRES décorés de médaillons à figures.

98 — PLAQUE rectangulaire en cuivre laqué; décor à inscription et bustes de personnages.

99 — PETIT ÉTUI fond noir; décor fleurs et oiseaux.

100 — MIROIR avec monture en laque à figures de danseuses; ancien.

101 — MONTURE ancienne de miroir; décor oiseaux et fleurs; fond rouge rubis.

102 — MIROIR avec monture ancienne, décor oiseaux et grandes fleurs.

103 — BOITE avec balance ancienne, décor scène familiale et fleurs.

104 — JEU DE CARTES laquées sur ivoire à personnages.

105 — DEUX MONTURES anciennes de glaces, décor dit mosaïque.

106 — DEUX PEINTURES à l'aquarelle, scènes familiales, cadres dits mosaïque anciens.

107 — DEUX CADRES anciens, décor mosaïque.

108 — DESSUS DE TABLE ancien tout en incrustation, dessin mosaïque.

N° 126

ANCIENS TAPIS

DE PERSE

109 — Tapis de prière, dessin portail, fond bleu clair, contrefond et bordure à motifs polychrome sur fond rosé, xvie siècle.

110 — Tapis de prière, dessin archaïque fond blanc, contrefond bleu, bordure à dessins polychrome, xvie siècle.

111 Tapis de prière, dessin portail fond blanc, contrefond bleu, bordure à fleurs et feuillages, dessin très délicat en polychrome sur fond clair, xvie siècle.

112 — Tapis Hispahan à fond rouge, bordure fond vert à fleurs, rosaces et entrelacs polychrome, xvie siècle.

113 — Tapis de Perse (fragment), fond rose, bordure fond crème, dessin polychrome, xvie siècle.

114 — Tapis Hamadan fond rouge, dessin à rosaces et motifs variés en polychrome, xviiie siècle.

115 — Tapis à double face avec motif fond blanc à petits dessins au centre, contrefond à semis de losanges, bordure fond jaune et fond bleu clair, xviiie siècle.

116 — Grand tapis turcoman ancien fond rouge, dessin à trois rayons de rosaces.

117 — Grand tapis ancien de Farahan fond bleu à petits dessins polychrome, angles et bordure fond rouge à motifs très fins.

118 — Tapis chemin ancien de Kurdistan fond marron, dessin à fleur avec compartiments.

119 — Tapis chemin ancien de Kurdistan, fond bleu foncé, dessin à fleurs.

120 — Tapis ancien de Farahan à décor multiple de palmes et de fleurs entrelacées sur fond bleu, bordure fond rouge.

121 — Bande de tapis turcoman, dessin en relief rouge sur fond crème.

122 — Tapis chemin ancien de Farahan fond bleu foncé, bordure jaune, dessin polychrome.

123 — Tapis chemin ancien Farahan fond bleu à bordure blanche.

124 — Tapis de Farahan ancien fond bleu, dessin polychrome.

125 — Tapis de Khorassan ancien, fond bleu à dessin polychrome.

BRODERIES, ÉTOFFES

126 — Beau tapis de prière ancien en velours rouge richement brodé d'or et d'argent, dessin : oiseaux à têtes humaines, rosaces, fleurs et entrelacs.

127 — Ancien étendard en broderie à oiseaux et fleurs, bordure à inscription.

128 — Petit tapis carré ancien fond de satin havane, brodé de soie et d'argent, broderie fond rouge à fleurs et motifs variés.

129 — Tapis carré en gaze fond bleu à semis de fleurs dorées.

130 — Petit tapis carré en broderie de Perse, dessin diagonal, dit gilet persan.

131 — Deux autres dans le même goût. Travail ancien.

132 — Petit tapis carré en brocart d'or, dessin palmes.

133 — Petit tapis rond en soie rose brochée d'or ancien.

134 — Tapis rectangulaire fond jaune, petits dessins à fleurs.

135 — Petit tapis rectangulaire fond jaune d'or à rayures et arabesques fleuries.

136 — Tapis carré en broderie très fine sur fond de fil de lin, bordure guipure.

137 — Tapis rectangulaire, dessin pommes de pin et autres motifs, même travail.

138 — Deux bonnets brodés.

139 — Deux casaques en satin bleu broché.

140 — Petit panneau en fil de lin brodé à jour.

141 — Deux autres panneaux analogues.

142 — Deux casaques en soierie verte tissée d'or.

143 — Casaque ancienne en satin rouge tissée d'or.

144 — Paire de bottes en velours violet, richement brodé d'argent et de soie.

145 — Trois portières en toile imprimée de Perse, dessin varié.

146 — Trois autres, de même travail.

147 — Deux dessus de table en toile imprimée.

148 — Trois panneaux à dessins variés en toile imprimée.

149 — Objets omis.

IMPRIMERIE C. CHAUFOUR

8-10, Rue Milton

PARIS

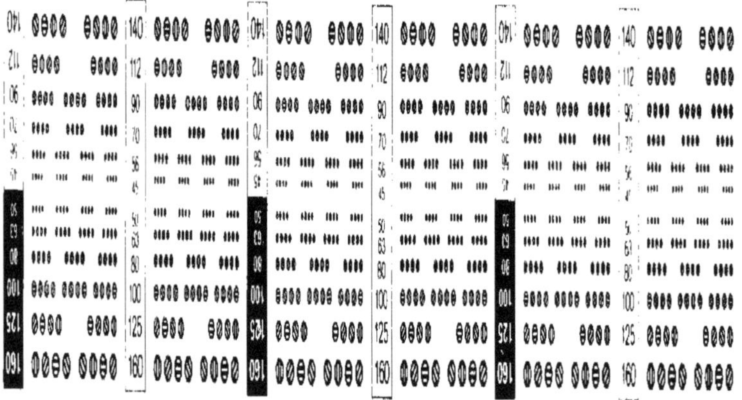

MIRE ISO N° 1

NF Z 43-007

AFNOR

Cedex 7 - 92080 PARIS-LA-DEFENSE

graphicom

www.ingramcontent.com/pod-product-compliance
Ingram Content Group UK Ltd.
Pitfield, Milton Keynes, MK11 3LW, UK
UKHW021943260726
13994UKWH00004B/1514

9 782329 319117